FRANK MARGERIN

RICKY VII

…ES LES HEURES PERDUES À FAIRE
…QUEUE DANS L'ESPOIR
…NE DÉDICACE… METS TON NOM
…NS LES POINTILLÉS ET RESTE CHEZ
… AVEC TON MARGERIN DÉDICACÉ !

collection HUMOUR
LES HUMANOÏDES ASSOCIÉS

DU MÊME AUTEUR

CHEZ LES HUMANOÏDES ASSOCIÉS
FRANK MARGERIN PRÉSENTE
TRANCHES DE BRIE
RICKY BANLIEUE
VOTEZ ROCKY
BANANES MÉTALLIQUES
RADIO LUCIEN
RICKY VII
CHEZ LUCIEN
LULU S'MAQUE
LUCIEN SE MET AU VERT

CHEZ ALBIN MICHEL
Y'A PLUS DE JEUNESSE

à Serge Berthet

MARGERIN
RICKY VII

PREMIÈRE ÉDITION : JANVIER 1984 - LES HUMANOÏDES ASSOCIÉS

ACHEVÉ D'IMPRIMER EN FÉVRIER 1990
SUR LES PRESSES DE L'IMPRIMERIE JEAN LAMOUR À NANCY
ISBN 2.7316.0336.4
41.0106.9

RICKY
MANAGER: FRANK MARGERIN
BEN, FINALEMENT, JE M'DEMANDE SI JE PRÉFÉRAIS PAS LES BLANCHES... OU LES BLEUES...
BEN DIS DONC, HEUREUSEMENT QUE T'EN ACHÈTES QUE TOUS LES DIX ANS ...
HÉ, REGARDE GILLOU !
BOXE
R. DUBOIS
UN PUNCHING-BALL ! J'AI TOUJOURS RÊVÉ DE COGNER LÀ-DESSUS !
SKETBA
VAS-Y RICKY, COLLE-LUI UN PAIN, IL A DIT QUE T'AVAIS DU FLAN DANS LES BRAS !
HA, IL A DIT ÇA ?! ATTENDS MON GARS, TU VAS DÉGUSTER !!
BLAM
ÇA ALORS !! JE L'AI CARRÉMENT ÉCLATÉ !! C'EST PAS SOLIDE CE TRUC !!
PUTAIN LA BÊTE, CETTE DROITE QUE TU LUI AS COLLÉE !
FLAP FLAP
JE VOUS PRÉVIENS, VOUS ALLEZ ME PAYER CE PUNCHING-BALL EN CUIR !!
HEIN ?! MAIS J'AI PAS UN ROND, MOI ...
C'EST PAS DE SA FAUTE, C'EST LE PUNCHING-BALL QUI A COMMENCÉ...
LAISSEZ, JE PAYE LES DÉGÂTS !! J'AI JAMAIS VU UNE DROITE PAREILLE !
MAIS... JE NE SAIS PAS COMMENT VOUS REMERCIER...
JE SUIS ENTRAINEUR DE BOXE ANGLAISE, PASSE-DONC À MA SALLE CE SOIR, JE PENSE FAIRE DE TOI UN GRAND CHAMPION !
PLUS TARD...
DIS, JE SAVAIS PAS QUE TU ÉTAIS BALEZE COMME ÇA !
BEN MOI NON PLUS, C'EST LA PREMIÈRE FOIS QUE JE COGNE SUR QUELQUE CHOSE !
RICKY BOXEUR... J'ARRIVE PAS À Y CROIRE !

LE SOIR MÊME...
RITON
JO KILL
BOB PUNCH
HEU... SALUT!
CLUB DE BOXE
TAPATAP PATAP
PFFF PFFF PFFF
POK
HA! VOILÀ NOTRE CHAMPION! APPROCHE, TU TOMBES BIEN, J'VAIS TE PRÉSENTER GONG!!
POF
TAP TAP TAP
TIENS, PRENDS CES GANTS ET VA TE CHANGER, TU VAS FAIRE UN P'TIT COMBAT AVEC LUI...
RASSURE-TOI C'EST JUSTE POUR VOIR TES REFLEXES!
HEIN?! ÇA VA PAS?! J'Y CONNAIS RIEN À LA BOXE, MOI!! VOUS ÊTES FOU!
PLUS TARD...
HEU... TU FAIS GAFFE, J'AI DES PIVOTS DEVANT ET J'AI PAS DE PROTÈGE DENTS!
MONTE TA GARDE ET DÉPLACE-TOI RICKY!!
TA GAUCHE RICKY! ALLEZ, VAS-Y!! GAUCHE-DROITE! ESQUIVE!!
ET MONTE TA GARDE, MERDE!!
POF
PFFF
AÏE!
MAIS IL EST CON CE MEC!! IL M'A FAIT MAL!
TCHAK
BRAVO!!
VOILÀ!! TU AS COMPRIS! AVEC UN BON JEU DE JAMBES ET UN PEU PLUS DE TECHNIQUE, TU SERAS IMBATTABLE!
J'SUIS DÉSOLÉ D'AVOIR TAPÉ SI FORT, JE VOUS DEMANDE PARDON!
C'EST RIEN, Y A PAS DE MAL!...
2

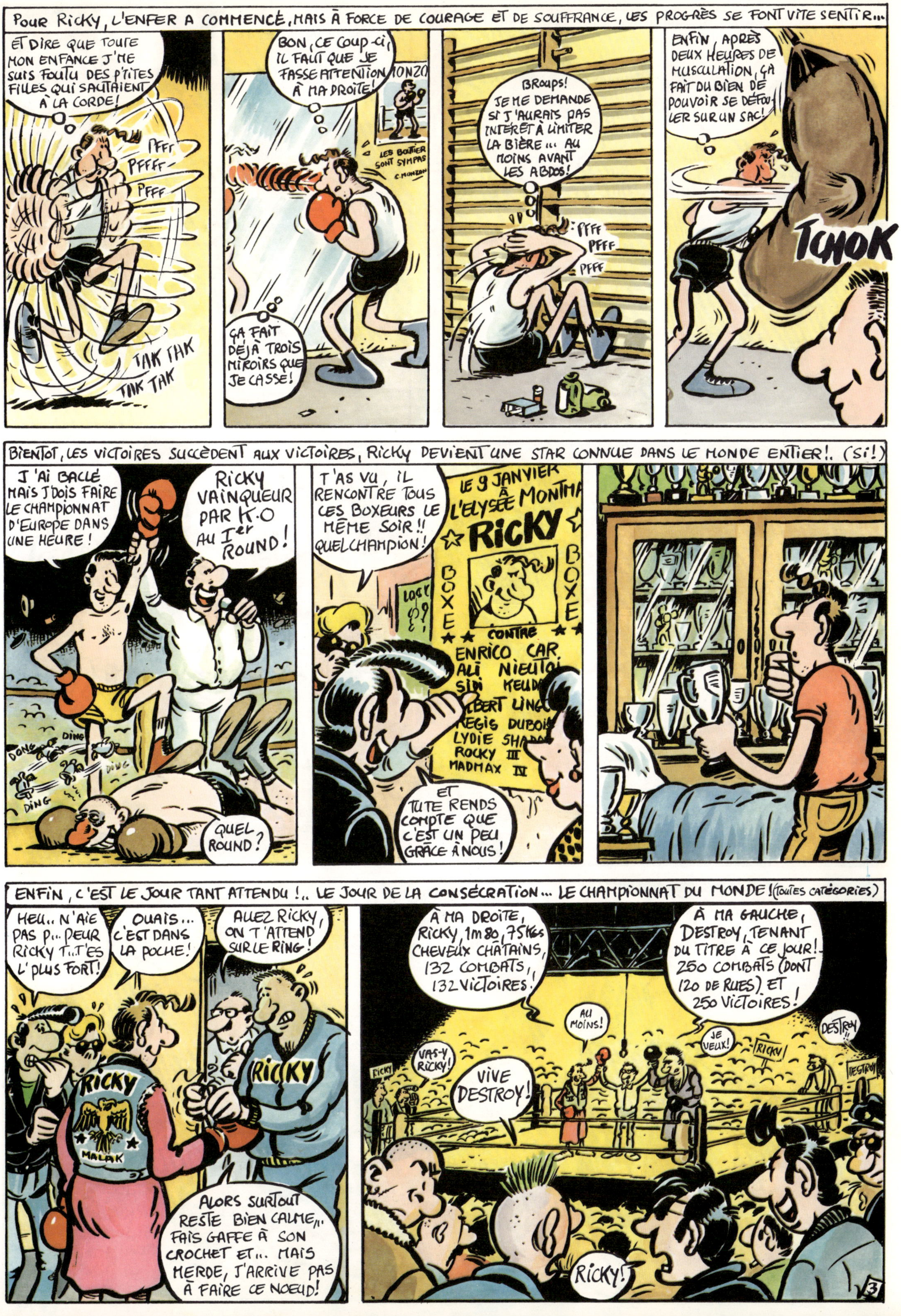
POUR RICKY, L'ENFER A COMMENCÉ, MAIS À FORCE DE COURAGE ET DE SOUFFRANCE, LES PROGRÈS SE FONT VITE SENTIR...
ET DIRE QUE TOUTE MON ENFANCE J'ME SUIS FOUTU DES P'TITES FILLES QUI SAUTAIENT À LA CORDE!
PFFF
PFFFF
PFFF
TAK TAK
TAK TAK
BON, CE COUP-CI, IL FAUT QUE JE FASSE ATTENTION À MA DROITE!
ONZO
LES BOXEUR SONT SYMPAS
C. MONZON
ÇA FAIT DÉJÀ TROIS MIROIRS QUE JE CASSE!
BROUPS! JE ME DEMANDE SI J'AURAIS PAS INTÉRÊT À LIMITER LA BIÈRE... AU MOINS AVANT LES ABDOS!
PFFF
PFFF
PFFF
ENFIN, APRÈS DEUX HEURES DE MUSCULATION, ÇA FAIT DU BIEN DE POUVOIR SE DÉFOULER SUR UN SAC!
TCHOK
BIENTOT, LES VICTOIRES SUCCÈDENT AUX VICTOIRES, RICKY DEVIENT UNE STAR CONNUE DANS LE MONDE ENTIER!. (SI!)
J'AI BACLÉ MAIS J'DOIS FAIRE LE CHAMPIONNAT D'EUROPE DANS UNE HEURE!
RICKY VAINQUEUR PAR K.O AU 1er ROUND!
DONG
DING
DING
DING
QUEL ROUND?
T'AS VU, IL RENCONTRE TOUS LES BOXEURS LE MÊME SOIR!! QUEL CHAMPION!
LE 9 JANVIER À L'ELYSÉE MONTMA
RICKY
BOXE
BOXE
CONTRE
ENRICO CAR
ALI NIEUTO
SIDI KEUD
LBERT LING
EGIS DUBOIS
LYDIE SHA
ROCKY III
MADMAX IV
ET TU TE RENDS COMPTE QUE C'EST UN PEU GRÂCE À NOUS!
ENFIN, C'EST LE JOUR TANT ATTENDU!.. LE JOUR DE LA CONSÉCRATION... LE CHAMPIONNAT DU MONDE! (TOUTES CATÉGORIES)
HEU.. N'AIE PAS P... PEUR RICKY T..T'ES L'PLUS FORT!
OUAIS... C'EST DANS LA POCHE!
ALLEZ RICKY, ON T'ATTEND SUR LE RING!
RICKY
MALAK
RICKY
ALORS SURTOUT RESTE BIEN CALME,.. FAIS GAFFE À SON CROCHET ET... MAIS MERDE, J'ARRIVE PAS À FAIRE CE NOEUD!
À MA DROITE, RICKY, 1m 80, 75 Kgs CHEVEUX CHÂTAINS, 132 COMBATS, 132 VICTOIRES!
À MA GAUCHE, DESTROY, TENANT DU TITRE À CE JOUR! 250 COMBATS (DONT 120 DE RUES), ET 250 VICTOIRES!
AU MOINS!
JE VEUX!
DESTROY!
RICKY
VAS-Y RICKY!
RICKY
VIVE DESTROY!
DESTROY
RICKY!

J'TE DIS PAS LA BOUILLIE QUE J'VAIS FAIRE DE CE JEUNE MORVEUX!
ON L'RAMÈNERA DANS UN SAC EN PLASTIQUE!
COURAGE RICKY, J'SUIS LÀ!
TU TRAINES PAS TROP, Y A UN BON FILM À LA TÉLÉ!
LE TEMPS DE COMPTER JUSQU'À DIX!
BON, JE VOUS RAPPELLE QUE LES COUPS DE BOULE, LES MORSURES, LES STRANGULATIONS ET LES COUPS D'LATTE DANS LES ROUSTONS SONT INTERDITS!
BON, SALUEZ-VOUS MAINTENANT!
CLONG!
ALLEZ-Y!
POK!
POUF
PAF
CLOK
PAF!
ON SE CALME!
CRAC!!
8... 9... OUT!
BRAVO
RICKY
HOU
OUAIS
RICKY EST VAINQUEUR!
RICKY
RICKY RICKY
RICKY
MMHH?..
EH BEN, ON PEUT DIRE QUE TU NOUS A FAIT PEUR... ÇA FAIT DIX MINUTES QUE TU ES K.O!
HEIN? MAIS... OÙ SUIS-JE?
HA! HA! TU T'ES PRIS LE PUNCHING-BALL EN PLEINE POIRE!
MON PAUVRE RICKY, UNE CHOSE EST SÛRE, T'ES VRAIMENT PAS FAIT POUR LA BOXE, TOI!..
FIN

POK

F. MARGERIN PRESENTE
RICKY, GILLOU, LUCIEN
DANS
LE TRAIN
ÇA SENT LA GALÈRE TON TRUC, LUCIEN !
OUAIS, SE TAPER 20 H DE TRAIN EN UN WEEK-END !
MAIS NON !
ON DORT CETTE NUIT DANS L'TRAIN, PEINARDS, ET DEMAIN MATIN, ON ARRIVE EN PLEINE FORME POUR LE DÉPART DU BOL D'OR - J'VOIS PAS OÙ EST LE PROBLÈME !..
ET PUIS C'EST UNE COURSE À PAS RATER
EN PLUS, VOUS AVEZ VRAIMENT PAS À VOUS EN FAIRE...
JE M'SUIS OCCUPÉ DE TOUT !
CLAC !
CLAC !
JUSTEMENT, C'EST BIEN CE QUI M'INQUIÈTE
COMME C'EST PAS LES "GRANDS DÉPARTS", J'AI PAS PRIS DE RÉSERVATIONS ...
PARIS
PERPETE
CLANG
HÉ, FAIS GAFFE GILLOU !
ON MONTE DANS CELUI-LÀ ?
HO ?!
PIIIP
PIIIP
PIIP
PIIP
SNCF
ZZZ ZZ
IL SE CROIT EN T.G.V CE CON !
GROUILLEZ FAUT S'TROUVER UN COMPARTIMENT VIDE !
TARÉ !
CHEF

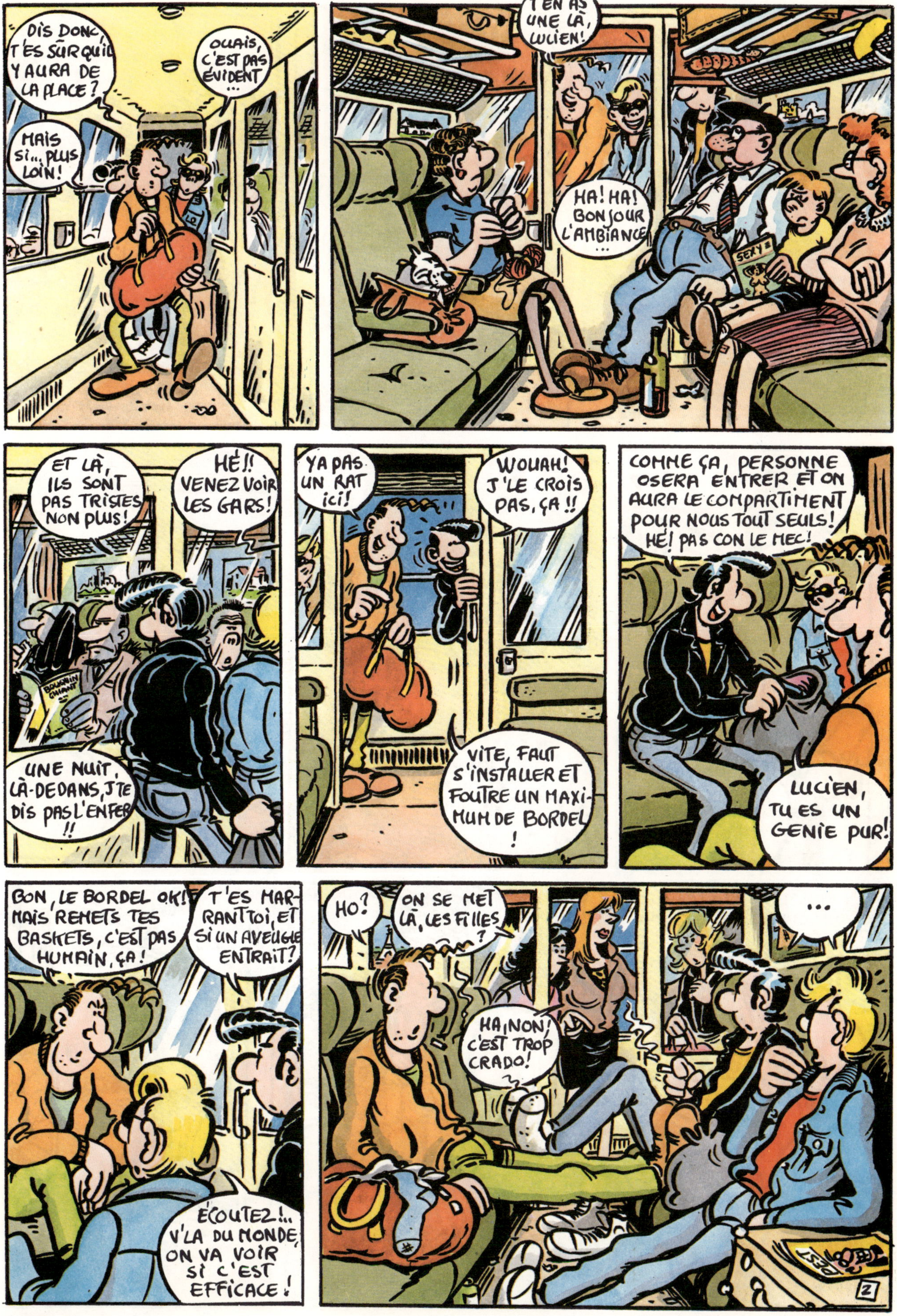
DIS DONC, T'ES SÛR QU'IL Y AURA DE LA PLACE?
OUAIS, C'EST PAS ÉVIDENT...
MAIS SI... PLUS LOIN!
T'EN AS UNE LÀ, LUCIEN!
HA! HA! BONJOUR L'AMBIANCE...
SEXY
ET LÀ, ILS SONT PAS TRISTES NON PLUS!
HÉ!! VENEZ VOIR LES GARS!
UNE NUIT LÀ-DEDANS, J'TE DIS PAS L'ENFER!!
YA PAS UN RAT ICI!
WOUAH! J'LE CROIS PAS, ÇA!!
VITE, FAUT S'INSTALLER ET FOUTRE UN MAXIMUM DE BORDEL!
COMME ÇA, PERSONNE OSERA ENTRER ET ON AURA LE COMPARTIMENT POUR NOUS TOUT SEULS! HÉ! PAS CON LE MEC!
LUCIEN, TU ES UN GENIE PUR!
BON, LE BORDEL O.K! MAIS REMETS TES BASKETS, C'EST PAS HUMAIN, ÇA!
T'ES MARRANT TOI, ET SI UN AVEUGLE ENTRAIT?
ÉCOUTEZ!.. V'LA DU MONDE, ON VA VOIR SI C'EST EFFICACE!
HO?
ON SE MET LÀ, LES FILLES?
HA, NON! C'EST TROP CRADO!
...

BON, BEN J'VAIS PISSER UN COUP!
C'EST ÇA, C'EST ÇA, ET PRENDS TON TEMPS!
HÉ, C'EST INTERDIT DANS LES GARES!
INTERDIT?! C'EST LA MEILLEURE! J'AIMERAIS BIEN VOIR ÇA, MOI! NON MAIS!
PARDON... HUM PARDON!
ZUT, OCCUPÉ! TIENS, J'AI UNE IDÉE!
WC
BOM BOM BOM
COOL!
SORTEZ! J'SUIS LE CONTRÔLEUR ET...
QU'EST-CE QUE C'EST?
HEIN? HEU...
VOUS VOULEZ PEUT ÊTRE VOIR MON TICKET?
ÇA Y EST, ON VA PARTIR...
A BIENTÔT, MA CHÉRIE!!
TU M'ÉCRIRAS ROGER!
MON MINOU
REVIENS VITE MON RAYMOND
MOUCHOIRS QUI VEUT DES MOUCHOIRS...
HOULA! QUEL DÉMARRAGE!
CRAAA CROUIKKK CLANG
IL A EU SON PERMIS LOCO DANS UNE POCHETTE SURPRISE!
HO! EXCUSEZ-MOI, JE VOUS AI BOUSCULÉ...
MAIS CE N'EST RIEN
C'EST ENCORE LOIN TU CROIS?
QUE DIRIEZ-VOUS D'ALLER BOIRE UN VERRE AU WAGON-BAR?
HA, C'EST TRISTE DE SE RETROUVER SEULE...
JE SUIS BIEN D'ACCORD.. VOUS FAITES RIEN CE SOIR?
QUELLE BRUTE CE CHAUFFEUR UN VRAI DANGER PUBLIC
TOK

HA, TE VOILÀ LUCIEN!
BEN, VOUS ALLEZ OÙ COMME ÇA?
ON VA AU WAGON-GRILL, ON A UN P'TIT CREUX!
ÉVIDEMMENT, IL EST À L'AUTRE BOUT DU TRAIN!
ÇA VAUT MIEUX, POUR LES ODEURS!
COOL!
TIENS? TU T'ES DÉJÀ FAIT UN COPAIN?
AÏE! LÀ-BAS, UN GROUPE DE BIDASSES...
MAMAN J'AI PEUR! V'LÀ DES BLOUSONS NOIRS!
JE N'AIME PAS ÇA!
HO, LA BELLE BANANE QUE VOILÀ...
J'EN VEUX UNE COMME ÇA!
GILLOU, TU POURRAS ME PRÊTER TON PEIGNE?
PLUS TARD
ÇA Y EST, C'EST LE PROCHAIN!
HALTE LÀ! ON PASSE PAS SANS MONTRER SON TICKET!
MAIS?
ILS SONT DANS MON SAC, MAIS ON VOUDRAIT JUSTE DÎNER...
MAIS GROUILLEZ VOUS, MERDE!
?
J'VEUX PAS L'SAVOIR MOI!
PAS DE TICKETS, PAS DE BOUFFE!.. COMME AU BON VIEUX TEMPS!

C'EST PAS VRAI !! IL A RIEN VOULU SAVOIR CE CON !
Y A PLUS QU'À TOUT S'RETAPER DANS L'AUTRE SENS !
ET VA FALLOIR REPASSER DEVANT LES BIDASSES...
TU PEUX SORTIR TON PEIGNE GILLOU !
PLUS TARD...
HÉ ?! MAIS CE SONT NOS BAGAGES DANS LE COULOIR ?!
ÇA ALORS !
DITES DONC ?! VOUS FAITES PAS CHIER SURTOUT !!
JE REGRETTE MAIS NOUS AVIONS RÉSERVÉ !
WOUAH LA COUPE !!
SEXOS
ET VOUS SERIEZ AIMABLE DE FERMER LA PORTE !
OUAIS !! FOUTEZ-NOUS LA PAIX !
ILS POUVAIENT PAS RÉSERVER D'AUTRES PLACES ?!
BON, Y A PLUS QU'À ALLER CHERCHER AILLEURS !
OUAIS, BEN J'AI L'IMPRESSION QUE C'EST ENCORE MAL BARRÉ CETTE HISTOIRE !
PEUT-ÊTRE QU'IL Y A DES COUCHETTES LIBRES ?..
MAURICE
TU PARLES, FAUT PAS RÊVER, C'EST PLEIN ICI AUSSI !
RIEN À FAIRE, TOUT EST COMPLET...
BON BON
BEN ALORS, QU'EST-CE QU'ON FAIT ?
JE SAVAIS QUE CE SERAIT LA GALÈRE !
MAIS NON, J'AI UNE IDÉE... RETOURNONS AU WAGON-GRILL !

LÀ AU MOINS, ON POURRA S'ASSEOIR!
OUAIS, ET PUIS MANGER TANT QU'ON Y EST!
ÇA SENT BIZARRE ICI!
HEU... JE PRENDS DU JAMBON, PARAIT QUE C'EST LA SPÉCIALITÉ DU CHEF, ICI!
C'EST DRÔLEMENT JOLI CES PETITS REFLETS VERTS!
OUAIS, IL DOIT PAS ÊTRE DANS SON ASSIETTE!
HOULALA! CE TRUC N'EN EST PAS À SON PREMIER VOYAGE!
POURTANT, VU LE PRIX, ÇA DEVRAIT ÊTRE TRÈS BON!
SNIF
ILS ONT DÛ LUI COMPTER UN SUPPLÉMENT RETOUR!
DITES, VOUS BOSSIEZ PAS À LA BRITISH AIRWAYS AVANT?
VITE, Y A UNE TABLE DE LIBRE AU FOND!
EN FAIT, Y A QU'À RESTER LÀ TOUTE LA NUIT!
Y AURA PAS À ALLER LOIN POUR LE PETIT DÉJEUNER!
ET DEMAIN EN T-SHIRT AU SOLEIL... TA COURSE, ELLE EST PAS LOIN DE LA CÔTE D'AZUR?
JE VEUX! J'AI PRIS MON MAILLOT DE BAIN ET JE COMPTE BIEN M'EN SERVIR!
HÉ, GILLOU! T'ES FOU, CE GESTE PEUT TUER!
TU PARLES, PAS AVEC UNE BOÎTE EN ALU ET À 2H DU MAT' VOYONS!
LE WAGON SUIVANT...
KLANK
6

TIENS, Y A QUELQU'UN QUI A TROUVÉ TA BOÎTE, GILLOU...
HEU.. SI VOUS AVEZ FINI, JE CROIS QU'IL VAUDRAIT MIEUX S'EN ALLER!
BRAVO GILLOU T'AS GAGNÉ!
MAIS VAS-Y, VA DORMIR DANS TA CANTINE!
BON, BEN MOI JE DORS ICI!
ET SI VOUS VOULEZ ÊTRE EN FORME POUR LA COURSE, FAITES COMME MOI!
EN FORME? J'AIMERAIS T'Y VOIR... J'TE RACONTE PAS LE CONFORT!
BAH, DEMAIN ON F'RA LA SIESTE À L'OMBRE D'UN PARASOL!
ET APRÈS, ON IRA SE PIQUER UNE TÊTE DANS LA MÉDITERRANÉE
LA NUIT FUT LONGUE...
LE CASTELLET 5 MINUTES D'ARRÊT...
HEIN?!
HÉ!! DEBOUT LES GARS
BON SANG, JE COMMENÇAIS JUSTE À DORMIR!
LA VACHE QUELLE LUMIÈRE!!
VITE!! IL NE S'ARRÊTE QUE CINQ MINUTES!
HEIN?! DE LA NEIGE?! JE RÊVE OU QUOI?!
QU'EST-CE QUE ÇA VEUT DIRE?
LE CASTELLET
BUFFET
J'VAIS ME RENSEIGNER AUPRÈS DU CHEF DE GARE...
LE CIRCUIT PAUL RICARD? HA, VOUS VOUS ÊTES TROMPÉS DE CASTELLET... ICI VOUS ÊTES DANS LES PYRÉNÉES...
Y A DÛ Y AVOIR UN MALENTENDU À LA GARE... JE NE COMPRENDS PAS C'EST STUPIDE...
PEU APRÈS.
HÉ!! DÉCONNEZ PAS!! REVENEZ!! PUISQUE JE VOUS DIS QUE C'EST PAS D'MA FAUTE!
FIN
F. Margerin 4.83

Frank Margerin présente:
BRAND NEW CADILLAC
ALLÔ, LES GARS? VITE, CASSEZ VOS TIRELIRES, J'AI TROUVÉ UNE PETITE MERVEILLE!
UNE CADILLAC ELDORADO DE 53, 31 CV, V.8 CULBUTÉ J'VOUS DIS PAS LA FRIME!
DOCHINE
8000F... ÇA FAIT JUSTE 2000F CHACUN!
DÉPÊCHEZ-VOUS, ELLE EST PAS ENCORE VENDUE!!
LE PROPRIO EN EST MALADE À L'IDÉE DE DEVOIR S'EN SÉPARER ... IL DOIT LA BICHONNER AVEC AMOUR DEPUIS TRENTE ANS!
IL VEUT QU'ON LE PAYE EN LIQUIDE, ALORS AMENEZ VOTRE BLÉ ET GROUILLEZ-VOUS! C'EST L'AFFAIRE DU SIÈCLE!
PLUS TARD...
UN FERRAILLEUR! TU NE NOUS AVAIS PAS PARLÉ D'UN SUPERBE CHÂTEAU?
C'EST LÀ QU'IL CRÈCHE TON PETIT VIEUX?
BEN... EN FAIT, J'AVAIS IMAGINÉ QUE...
DIRECTION
ETS C. LARNAC FERRAILLEUR
ATTENTION CLÉBARD TARÉ
MAIS ÇA VEUT RIEN DIRE!
HUM... ON VIENT POUR L'ANNONCE DE LA CADILLAC ELDORADO...
HMMM?
VENDS CUIVRE PLOMB ACIER MÉTAL HURLANT ALUMINIUM ETC..
TOC TOC
HA, OUAIS?! C'EST VOUS QUI PRENEZ LA CAD'?
HA! HA! Z'AVEZ D'LA CHANCE! JE VOUS L'AI RÉSERVÉE TOUT L'MONDE LA VOULAIT!
HA, OUI?
SUIVEZ-MOI JE VOUS L'AI SORTIE DANS LE TERRAIN...
HEIN?! T'ES SÛR QU'IL Y A UNE CADILLAC SOUS LA ROUILLE?
ÉVIDEMMENT, C'EST PAS UNE VOITURE NEUVE...
HÉLA! PAS DE BLAGUES! JE VOUS L'AI RÉSERVÉE MAINTENANT, FAUT LA PRENDRE!
MAIS UN COUP DE PEINTURE SUFFIRA...
1

HEU... MAIS ELLE MARCHE BIEN, AU MOINS ?
BIEN SÛR, MAIS C'EST PAS UNE VOITURE DE SPORT !
ELLE A FAIT QUATRE FOIS LE TOUR DU COMPTEUR, ALORS IL FAUT LA MÉNAGER...
HEU... ON POURRA LA METTRE DANS LE GARAGE DE TON VIEUX, RICKY ? Y A PAS DE PLACE CHEZ MOI...
T'ES FOU, IL Y CASE TOUT JUSTE SA 4L ALORS, J'TE DIS PAS !
ELLE DOIT CONSOMMER PAS MAL D'ESSENCE ?!
BAH, ON LA SORTIRA SEULEMENT LES SAMEDIS SOIR...
BON, C'EST PAS TOUT, MAIS FAUT ME DÉGAGER ÇA !
PLUS TARD...
DITES, C'EST MOI QUI LA CONDUIS LE PREMIER... D'ACCORD ?
BON, MAIS TU FAIS GAFFE ELLE EST PAS ASSURÉE !
C'EST REX QUI VA FAIRE LA GUEULE... C'ÉTAIT SA NICHE !...
C'EST IMMENSE ! ON POURRAIT MÊME SE PRENDRE QUATRE AUTO-STOPPEUSES EN PLUS !
AVEC CETTE VIEILLE ODEUR DE MOISI, ÇA M'ÉTONNERAIT QU'ELLES MONTENT !
VROOOOON
HA ! CETTE SENSATION DE PUISSANCE ET DE SÉCURITÉ... QUEL PIED !
HÉ ! FAIS GAFFE À LA POUBELLE, MERDE !
T'ES MARRANT, TOI... FAUT QUE J'ME FASSE À LA DIRECTION ASSISTÉE...
HEU... SI TU EN AS MARRE DE CONDUIRE, JE PEUX TE RELAYER TU SAIS, LUCIEN...
VROOOOMM
CLANK !
210 GM 55
AÏE !
HÉ !
MAIS ?
?!
BOM
.CHEZ LUCETTE
?
210 GM 55
BRRRR
QU'EST-CE QUI TE PREND DE PILER COMME ÇA ?!
J'ME FRAI JAMAIS À SA FAÇON DE CONDUIRE !
MAIS OUI, SUIS-JE BÊTE ! C'EST UNE VOITURE AUTOMATIQUE !!
EN VOULANT DÉBRAYER, J'AI APPUYÉ SUR CETTE GRANDE PÉDALE DE FREIN !

HÉ ?! QU'EST-CE QUI SE PASSE ENCORE ?
J'AI L'IMPRESSION QU'ON N'A PLUS D'ESSENCE... VA FALLOIR TROUVER UNE POMPE DE TOUTE URGENCE...
ÇA Y EST ÇA COMMENCE LES FRAIS !
VROOOMM TOUF TOUF
ÇA ALORS ! JE CROYAIS QUE CES VOITURES N'EXISTAIENT PLUS QUE DANS LES RÊVES DE POMPISTES !
ÇA VA, ÇA VA J'SUIS MORT DE RIRE ! FAITES PLUTÔT LE PLEIN DE SUPER !
VEINARDS, VOUS SAVEZ QUE LE SUPER A BAISSÉ DE DEUX CENTIMES IL Y A UN MOIS !
VOILÀ ! LE PLEIN EST FAIT ! MERCI BIEN ET À TOUT À L'HEURE LES GARS !
IL M'ÉNERVE CE POMPISTE ! ON VA SE TROUVER UNE PLACE POUR LAISSER LA VOITURE CETTE SEMAINE !
VROOMM
UNE HEURE PLUS TARD...
N'INSISTE PAS LUCIEN, J'TE DIS QUE C'EST TROP COURT !
ATTENDEZ, IL ME SEMBLE QUE LA 2CV RECULE...
CLANG !
MAIS ARRÊTE, TU VAS ESQUINTER LES PARE-CHOCS !
LAISSE TOMBER IL FAUDRAIT DEUX PLACES, EN FAIT !
OUAIS, Y A INTÉRÊT À SAVOIR BLOQUER LES PARCMÈTRES !
VROOM
PLUS TARD...
DIS, ON VA PAS PASSER LA JOURNÉE À TOURNER EN ROND !
T'AFFOLE PAS JE CONNAIS UNE PETITE RUE TRANQUILLE JUSTE À CÔTÉ...
BRAVO LUCIEN ! ON PEUT PAS RÊVER PLUS TRANQUILLE !
C'EST PAS D'MA FAUTE SI C'EST LA SORTIE DES BUREAUX !
SOLDES
HA, ZUT ! C'EST DÉDÉ !! IL VA ENCORE NOUS PRENDRE LA TÊTE !
TIENS ? MAIS C'EST LUCIEN ! TU AS PASSÉ TON PERMIS BATEAU MAINTENANT ?
ON VA REPASSER PAR ICI CE SOIR, ON VOUS RAMÈNE QUELQUECHOSE ?
C'EST ÇA ! VA JOUER À RUNGIS AVEC TON MOULINEX !
BEEM BEEEM BEEM
3

PLUS TARD...
GARE-TOI DERRIÈRE LA 4CV LÀ AU MOINS, ELLE DÉNOTERA PAS ...
POUR QU'ILS NOUS RAYENT LA CARROSSERIE OU NOUS PIQUENT LES CHROMES ?! PAS QUESTION !
EH BEN MOI, J'EN AI MARRE ! ÇA VA FAIRE DEUX HEURES QU'ON CHERCHE UNE PLACE !! ÇA SUFFIT !
PLAIGNEZ-VOUS ! J'VOUS BALADE EN CADILLAC ET VOUS FAITES LA GUEULE ?!! BEN MERDE !
OUAIS, ET SI MA PORTE ÉTAIT PAS COINCÉE JE SERAIS DESCENDU DEPUIS LONGTEMPS !
ON AURAIT DÛ LA LAISSER CHEZ LE FERRAILLEUR, ELLE ÉTAIT BIEN GARÉE, LÀ-BAS !
VOUS SAVEZ, UNE FOIS REFAITE, ON S'FRA DU BLÉ EN LA LOUANT À DES AMÉRICAINS ...
OU À DES ÉMIRS DE PASSAGE À PARIS...
SI TU LA LOUES À UN ÉMIR, FAIS-TOI PAYER EN JERRICANS D'ESSENCE OU EN PÉTRO-DOLLARS !
ARRÊTE, ELLE CONSOMME PAS TANT QUE ÇA... HO ! LA JAUGE D'ESSENCE EST À ZÉRO !!
HÉ ! OÙ ALLEZ-VOUS ?! DÉCONNEZ PAS ! NE ME LAISSEZ PAS TOMBER !
MERCI BIEN ! ON RENTRE EN TAXI, CE SERA PLUS ÉCONOMIQUE !
ON VA BOIRE UN COUP AU VOLTIGEUR, T'AURAS QU'À NOUS Y REJOINDRE PLUS TARD !
PEU APRÈS.
HÉ ! HÉ ! JE FONCE LA METTRE AU PARKING DU MOLOPRIX... LÀ, ELLE SERA À L'ABRI ET J'ARRIVERAI AVANT EUX AU VOLTIGEUR !
P
PAYANT
VERS NIVEAU -1
SORTIE
DZIIII CLAC !
PREMIÈRE HEURE GRATOCHE ! APRÈS ÇA DOUILLE ! PRENEZ UN TICKET
ET POUR LA SORTIR GRATUITEMENT JE PASSERAI PRENDRE UN AUTRE TICKET !
1H PLUS TARD AU VOLTIGEUR
IL VIENT PAS LUCIEN ? ON L'A PEUT-ÊTRE VEXÉ...
TU PARLES, C'EST PLUTÔT QU'IL VEUT PLUS QUITTER LA CAD' !
TIENS, TEL QUE J'LE CONNAIS IL EST MÊME CAPABLE DE PASSER LA NUIT DEDANS !
NIVEAU -1
F. MARGERIN 83.
FIN

F. MARGERIN présente :
P'TIT LOUIS
DANS : L'EDUCATION SEXUELLE
DIS, ALBERT, TU POURRAS EMMENER TON FRÈRE À L'ÉCOLE ?..
?
TON PÈRE ET MOI AVONS À PARLER DE CHOSES IMPORTANTES ENTRE NOUS...
OUAIS, MÊME QUE ÇA COMMENCE À URGER !!. HÉ! HÉ!
5 MINUTES PLUS TARD...
TU SAIS QUE TU ME GONFLES AVEC TON ÉCOLE... TU PEUX PAS SÉCHER COMME TOUT L'MONDE
BEN NON JUSTEMENT, LÀ, C'EST SPÉCIAL...
LA MAÎTRESSE VEUT QU'ON SOIT TOUS PRÉSENTS... PARAIT QUE C'EST IMPORTANT!
HO, ZUT! J'AI OUBLIÉ MON CARTABLE DANS LA PIAULE DES VIEUX... ILS DOIVENT ÊTRE EN PLEINE DISCUSSION!
HEU... VOUS DÉRANGEZ PAS, JE NE FAIS QUE PASSER ...
HEIN?!
EH BIEN RENÉ, QU'EST-CE QUE TU FAIS ?...
T'ES MARRANTE, JE SUIS DÉCONCENTRÉ, MOI MAINTENANT!
VOILÀ, ON PEUT Y ALLER!
T'AS VU?! ILS ASSURENT LES VIEUX!
ATTENDS! J'VAIS JETER UN OEIL SUR QUELQUES REVUES SCIENTIFIQUES!
TINO ROSSI VICTIME DU SIDA?
WOUAH!! VISE-MOI UN PEU CE CANON!!
TU T'VOIS AVEC UNE MEUF PAREILLE, P'TIT LOUIS?!
MOUAIS, PAS MAL!!
SEXY
KOSMIK COMIX
LISEZ
QUI LES FLICS
YVETTE HORNER ACCIDENTÉE! SA VOITURE EST EN ACCORDÉON

HÉ ?! ILS ONT L'AIR BIEN LES DEUX FILMS DU PINORAMA !..
DOMMAGE QUE TU SOIS TROP JEUNE, TOI !
PINORAMA
HISTOIRES DE Q
PARTOUZES PAR DOUZE
LES ALLIGATORS
TU PARLES, J'LES AI DÉJÀ VUS SUR LA VIDÉO DU PÈRE DE FREDO... ILS SONT NULS !
ALORS QUAND VIENS-TU ME VOIR, P'TIT LOUIS ?
TROP TARD ! IL A RENCART AVEC SA MAÎTRESSE...
... D'ÉCOLE, MALHEUREUSEMENT !
DÎTES, DANS QUEL SEX-SHOP AVEZ VOUS EU ÇA ?
ELLE EST SYMPA ARLETTE, C'EST AVEC ELLE QUE J'AI EU MA PREMIÈRE BLENNO !
HO, REGARDE LÀ !! C'EST MAURICE LATARE NOTRE VOISIN DU DESSOUS QUI SORT DU SEX-SOP ?!
!!
SEX-SHOP
NOUVEAUTÉS
NOMBREUX ACCESSOIRES À L'INTÉRIEUR
FILMS X "HARD"
VIDEOS INEDITES
SEX-SHOP
LUI QUI NOUS FAIT TOUJOURS LA MORALE !
HUM ! BONJOUR M'SIEUR LATARE ...
VOUS FAITES VOTRE PETIT SHOPPING ?.. PARAIT QUE Y'A DES TRUCS ÉPATANTS LÀ-DEDANS !
ALLONS, QU'ALLEZ-VOUS IMAGINER VOUS DEUX ?!
EN PASSANT DEVANT IL M'AVAIT SEMBLÉ RECONNAITRE LA VOIX D'UN AMI À L'INTÉRIEUR, ALORS JE SUIS ENTRÉ ...
MAIS JE N'AI RIEN ACHETÉ LÀ-DEDANS ...
MON PAQUET VIENT DE LA SAMARITAINE !
VOUS VOULEZ RIRE ?!
HÉ ! HÉ !
HA ! M'SIEUR MAURICE, DÉCIDEMENT, VOUS OUBLIEZ TOUJOURS VOTRE TICKET DE CAISSE !
C'EST IMPORTANT POUR LA GARANTIE !!
SEX-SHOP

HÉ! DEBOUT LÀ DEDANS!! Y A UN FLIC QU'EST EN TRAIN DE VOUS ALIGNER!
ELLE EST DE BON GOÛT LA DÉCO!
?
TU VOIS P'TIT Louis, C'EST UN BAISODROME CE TRUC!
HO! M'SIEUR L'AGENT J'M'EN VAIS!! J'ÉTAIS EN LIVRAISON!! UN SUPER COLIS ... PFFF J'VOUS DIS PAS!
Z'ALLEZ PAS ME METTRE UN P.V. M'SIEUR L'AGENT?!
C'EST DRÔLE CES MECS AVEC LEURS DÉGUISEMENTS..
OUAIS, C'EST LA RUE LA PLUS GAY DU QUARTIER
RUE DU SIDA
MARCEL JACQUES ROGER GERARD HENRI
GEORGES RAOUL
SI C'EST PAS MALHEUREUX DE VOIR ÇA!! C'EST PAS ÉTONNANT QUE JE NE ME TROUVE PLUS DE JULES!
DIS DONC, T'ES MIGNON TOI, C'EST COMMENT TON P'TIT NOM?
TU VOIS ÇA P'TIT LOUIS, C'EST EXACTEMENT MON TYPE DE FEMME!
PISSE AND LOVE
J'VOUDRAIS PAS TE FAIRE DE PEINE ALBERT, MAIS TU RISQUES D'ÊTRE SURPRIS!
À TON TOUR ROGER, HA! C'EST BIEN PRATIQUE CES VESPASIENNES QUAND MÊME!
T'AS RAISON HENRI, MAIS C'EST PAS VRAIMENT DISCRET!

PFFF! AVEC LES TRAVELOS, J'ME FAIS AVOIR À TOUS LES COUPS!
QUESTION D'HABITUDE!
AU SECOURS!! RETENEZ CE CHIEN HIDEUX!
ÉCOLE DE PAU
ÇA Y EST, TE V'LÀ ARRIVÉ... ALLEZ, BON COURAGE! JE T'ATTENDRAI AU BAR DU COIN!
TU VERRAS, LE FLIPPER EST GÉNIAL!
A POÌ LE DIRLO
PIPI CACA
MORE A L'HORTOGRAFE
HÉ! PSSSTT!
HA, LES SALES MÔMES! Y'EN A MARRE, PERSONNE NE S'INTÉRESSE À MOI ICI!!
JE VAIS FAIRE LA SORTIE DES ÉGLISES!
AC/DC TRUST
UN PEU PLUS TARD....
MES CHERS PETITS, J'AI D'IMPORTANTES RÉVÉLATIONS À VOUS FAIRE, QUI, J'EN AI PEUR, RISQUENT DE VOUS CHOQUER...
JE DOIS EN EFFET VOUS DONNER VOTRE PREMIER COURS ...HEU... D'ÉDUCATION SEXUELLE...
ALORS VOILÀ, HUM!!!
C'EST TRÈS DÉLICAT DE VOUS PARLER DE ÇA MAIS IL LE FAUT, ET PUIS VOUS ÊTES DES GRANDS, MAINTENANT...
IL EST TEMPS QUE VOUS SOYEZ MIS AU COURANT DE CERTAINES CHOSES...
MAIS COMMENT VOUS DIRE, SANS RISQUER DE VOUS TRAUMATISER...
BON, VOUS DEVEZ SAVOIR LA VÉRITÉ ALORS JE VAIS TOUT VOUS DIRE... HEU. EH BIEN VOILÀ... HUM!...
ALLEZ, J'Y VAIS!
AÏE!
GLP!
GO!
LES GARÇONS NE NAISSENT PAS DANS LES CHOUX!...
NI LES FILLES DANS LES ROSES
F. MARGERIN - 9.83
FIN

4

F. MARGERIN présente :
BACKSTAGE
PRÉPAREZ-VOUS LES GARS, VOUS ENTREZ EN SCÈNE DANS À PEINE DIX MINUTES ... ALORS, GROUILLEZ !
DIX MINUTES ?! BON SANG, FAUT SPEEDER LES MECS ! ON N'EST PAS PRÊTS !
MA GRATTE EST MÊME PAS ENCORE ACCORDÉE !
DESTROY
AÏE ! ÇA Y EST, JE SENS LE TRAC VENIR !
J'VAIS ENCORE AVOIR MAL AU BIDE !! QUELLE GALÈRE !
ET PUIS LÀ, FAUT ASSURER ! C'EST NOTRE PREMIER CONCERT EN PUBLIC ... ET EN VEDETTE !!
ARRÊTE !! TU M'FOUS LES BOULES !!.. MAINTENANT, J'ME SOUVIENS PLUS D'MON TEXTE ... C'EST MALIN !
ET MOI, J'PEUX PAS M'POINTER SUR SCÈNE AVEC UNE TÊTE PAREILLE !
PFFF !! QUELLE IDÉE DE CHANTER EN ANGLAIS ... C'EST PAS D'LA TARTE !
T'AS QU'A CHANTER EN YAOURT COMME AUX RÉPÉTITIONS !.. HA, QUELLE SALOPERIE CETTE GUITARE !
SI TU LA JETAIS PAS PAR TERRE À CHAQUE FOIS, AUSSI ! NON MAIS REGARDEZ MOI CETTE CRÊTE, C'EST L'ENFER !
TU DEVRAIS LA TEINDRE AVEC UNE BOMBE, CE SERAIT PLUS SCÉNIQUE !
T'AS RAISON, PASSE-MOI LA BOMBE VERTE !!
HÉ, LES MECS !! JE GARDE LES "RANGERS" OU JE METS LES "DOC MARTIN" ? HEIN ?.. HO !! RÉPONDEZ-MOI !!
1

HEIN? QU'EST-CE QUE TU PENSES DE MON LOOK, ALBERT? ÇA CRAINT PAS!
HEU... TU DEVRAIS DÉCHIRER UN PEU TON T-SHIRT, ÇA F'RAIT PLUS DESTROY!
LE VERT ME DONNE MAUVAISE MINE, J'VAIS PLUTÔT ESSAYER LE ROUGE...
HÉ!! T'ES CON!! C'ÉTAIT MA BOMBE DE PEINTURE POUR REPEINDRE MA MOBE!!
C'EST RIEN, J'ME LAVERAI LES CHEVEUX AU WHITE SPIRIT!
J'ENLÈVE CE BLOUSON SINON ON VERRA PAS MES BRETELLES...
KILLER
DESTROY
NO FUTURE
ÇA Y EST C'EST À VOUS!
HEIN?
AÏE!!
JE SENS QUE JE VAIS CRAQUER!
J'PEUX MÊME PLUS AVALER UNE GOUTTE!
-GARGL-
COURAGE LES GARS, ÇA IRA MIEUX APRÈS!
TOUTES LES STARS SONT PASSÉES PAR LÀ!..
POUSSEZ PAS!!
ET POUR CLORE CETTE GRANDE KERMESSE DE PLOUGNAC, VOICI UN GROUPE LOCAL DE JEUNES "PAINQUES" BIEN SYMPATHIQUES...
CE SONT LES DISTROYEURS!... ON LES APPLAUDIT BIEN FORT!!
KERMESSE DE PLOUGNAC
AU PROFIT DE LA PAROISSE
THE DESTROYERS
YEAH! FUCK OFF DISTROY TAS D'BOURGEOIS NO FUTURE HEU... YEAH
FRITES
FIN

F. Margerin présente:
LUCIEN
DANS: LUCIEN PRÉSENTE BIEN !
ARRÊTE-TOI LUCIEN, C'EST ICI !
QUOI ?! TU CRÈCHES DANS CE SUPERBE CHÂTEAU ?!
BON SANG ! ELLE DOIT PAS ÊTRE TRISTE LA NOTE DE CHAUFFAGE L'HIVER !
BÊÊÊÊÊÊÊÊM
DIS, SI TU VOIS UNE SELLE BIPLACE PAS TROP CHÈRE, N'HÉSITE PAS !
NON MAIS SANS BLAGUE, C'EST VRAI QUE T'HABITES LÀ ?
BEN OUAIS, ÇA FAIT DES GÉNÉRATIONS QU'ON A CE CHÂTEAU..
C'EST LOIN DU MÉTRO MAIS ÇA DOIT QUAND MÊME ÊTRE SYMPA DE VIVRE LÀ-DEDANS... Y A PAS DE CONCIERGE ?
VIENS DÎNER DEMAIN, J'TE FRAI VISITER LES LIEUX ..
ET PUIS COMME ÇA, JE TE PRÉSENTERAI À MES PARENTS !
PLUS TARD ...
J'SUIS CON, J'AURAIS PAS DÛ ACCEPTER L'INVITATION ...
SI SES PARENTS ME VOIENT COMME ÇA, AVEC MA MEULE RIPOU, VA Y AVOIR UN MALAISE !
C'EST SÛR !
BÊÊÊÊM
CHEZ LUCIEN ...
ALLÔ, RICKY ? TU PEUX PASSER DEMAIN AVEC LES AUTRES ?
FAUT QUE VOUS M'AIDIEZ J'ME FAIS UN PLAN À LA "CENDRILLON" !
J'SUIS MORDU D'UNE PETITE DE LA HAUTE, TU VOIS !
CHEZ MARIE-ROSE ...
HEU.. BONSOIR CHERS PARENTS, PUIS-JE VOUS PARLER ?
MAIS CERTES, DE QUOI S'AGIT-IL, MA CHÈRE ENFANT ?
HEU.. BEN VOILÀ, J'AI FAIT LA CONNAISSANCE D'UN JEUNE HOMME CHARMANT QUE JE ME SUIS PERMIS D'INVITER À DÎNER DEMAIN SOIR ...
MAIS VOUS FÎTES FORT BIEN !
HEU... MAIS C'EST QUE J'AURAIS AIMÉ VOUS DEMANDER UN AUTRE PETIT SERVICE..

ELLE HABITE UN SUPER CHÂTEAU GENRE MOULINSART, J'VOUS DIS PAS!
JE SUIS INVITÉ À DÎNER CE SOIR AVEC SES VIEUX ET TOUT!
PUTAIN, T'AS DU BOL TU VAS BIEN BOUFFER!
UN CHÂTEAU, C'EST EXACTEMENT CE QU'IL NOUS FAUT COMME LOCAL POUR RÉPÉTER!
OUAIS, ET PUIS TU VOIS LES FÊTES QU'ON POURRAIT FAIRE LÀ-BAS!
AVANT D'FAIRE DES PLANS SUR LA COMÈTE, VOUS FERIEZ MIEUX D'M'AIDER À PARAÎTRE PRÉSENTABLE POUR CE SOIR!
CE SONT DE VIEUX ARISTOS ET SI J'AI PAS LA COTE, VOUS POUVEZ DIRE ADIEU AU CHÂTEAU ET MOI À MARIE-ROSE!
T'EN FAIS PAS, J'AI DES BOUQUINS SUR L'ART DE BIEN S'TENIR EN SOCIÉTÉ...
CHEZ MA GRAND-MÈRE YA PLEIN DE FRINGUES PAS POSSIBLES!
ON VA TE FAIRE UN LOOK D'ENFER!
PLUS TARD...
ALORS POUR COMMENCER, LA COIFFURE! J'TE PRÉVIENS, YA DU BOULOT!
AVEC CES SAPES DE PRINCE QUE J'AI DÉGOTÉES, ILS VONT CRAQUER LES VIEUX!
POUR SALUER, TU T'INCLINES, DOS DROIT, LA JAMBE GAUCHE EN AVANT ET...
À L'HEURE H!
T'OUBLIES PAS DE FAIRE LE BAISE-MAIN À LA VIEILLE!
S'ILS TE LE DEMANDENT, DIS QUE TU DESCENDS DU PRINCE DÉDÉ DE MALAKOFF!
ESSAYE DE TIRER UNE BONNE BOUTEILLE EN PARTANT
MAIS MERDE, CASSEZ-VOUS! S'ILS VOUS VOIENT, ILS LÂCHENT LES CHIENS!
MARIE-ROSE VA ÊTRE TRÈS TOUCHÉE DE VOIR QUE J'AI FAIT UN EFFORT POUR PLAIRE À SES PARENTS...
DRIIING
HA! LE VOILÀ, JE VAIS OUVRIR!
JE TROUVE CETTE COMÉDIE GROTESQUE MARIE-ROSE A ABUSÉ DE NOTRE FAIBLESSE, NOUS SOMMES RIDICULES!
ALLONS, NOUS POUVIONS BIEN FAIRE CE PETIT EFFORT POUR ELLE...
ELLE TIENT TANT À CE QUE SON AMI SE SENTE À L'AISE!
QUELLE PANTALONNADE !!
FIN
F. Margerin. 12.82

DANS LA SÉRIE : "COCUS HEUREUX" VOICI :
ALBERT
PAR F. MARGERIN
HEU... JE VAIS VOIR MA MÈRE... ELLE VA PAS TRÈS BIEN...
IL SE PEUT QUE J'Y RESTE TOUTE LA NUIT !
J'Y VAIS SEULE, ELLE NE VEUT PAS VOIR TROP DE MONDE...
BON, ALLEZ À DEMAIN ALBERT !
PASSE UNE BONNE SOIRÉE...
CLAP !
C'EST ÇA !
OUI, JE LA VOIS D'ACCORD, JE VAIS LA FILER !
BIEN, JE VOUS TIENS AU COURANT, NE VOUS EN FAITES PAS !
AVEC CE JOURNAL FILATURE DISCRÈTE ASSURÉE !
ELLE SE FAIT COIFFER...
CACHÉ LÀ-DESSOUS, JE PEUX LA SURVEILLER !
TROIS HEURES PLUS TARD...
TIENS ?! QU'EST-CE QUE C'EST QUE CETTE HORRIBLE ODEUR ?
Y A QUELQUE CHOSE QUI BRÛLE DANS LE COIN !
ZZZZ
HO !
1

J'AI DÛ M'ENDORMIR EN LISANT CE JOURNAL, À CHAQUE FOIS C'EST PAREIL!
JE VAIS ÊTRE GRILLÉ PARTOUT!
ALORS MARCEL, ÇA MARCHE LES FILATURES?
M'EN PARLE PAS, ENCORE UNE QUI ME FILE SOUS L'NEZ!
SACRÉ MARCEL TU FILES UN MAUVAIS COTON !!
HÉ ?! MAIS C'EST MON VIEUX POTE MARCEL ?!
HEIN?
VIENS, JE VAIS TE PRÉSENTER MA PETITE AMIE!
ENCHANTÉ! HEU.. S'CUSEZ-MOI, J'AI UN COUP D'FIL URGENT À PASSER!
ALLO, M'SIEUR ALBERT?
VOTRE FEMME EST LÀ AVEC SON AMANT... SI J'EN SUIS SÛR?. MAIS EVIDEMMENT
C'EST PARFAIT!! NE FAITES RIEN SURTOUT!!
HÉ! HÉ! CE COUP-CI, JE TIENS MA REVANCHE!
PLUS TARD...
MA PAROLE, IL NOUS PLUME COMPLÈTEMENT !!
HÉ! HÉ! HÉ!
OUAIS! C'EST PAS CROYABLE, UNE VRAIE CHANCE DE COCU!
FIN

F. MARGERIN
Présente :
RENÉ
ET GINETTE...
QUELLE PLAIE CETTE RÉUNION DU COMITÉ À EVREUX...
TU NE VEUX PAS QUE JE T'ACCOMPAGNE?
VOYONS, TU SAIS BIEN QUE C'EST IMPOSSIBLE !!
MAIS SI CELA TE REND TROP MALHEUREUSE, JE PEUX ANNULER CETTE RÉUNION ...
ET RESTER AVEC TOI !
NON RENÉ ! PENSE D'ABORD À TA CARRIÈRE !
TU AS RAISON !
MAIS RASSURE-TOI, JE RENTRERAI DÈS DEMAIN !
À DEMAIN MON CHÉRI !
PRENDS SOIN DE TOI GINETTE !
TU PEUX COMPTER SUR MOI !
J'VAIS PAS M'ENNUYER CE SOIR !
J'AI RANCARD AVEC UN HOMME EN VILLE !
POUR UNE FOIS QUE RENÉ PASSE LA NUIT AILLEURS...
J'VAIS PAS RESTER DEVANT LA TÉLÉ... HA, NON ! CE SOIR, JE M'ÉCLATE !
VINGT CINQ ANS DE FIDELITÉ, DE PATIENCE ET DE DÉVOUEMENT... ÇA SUFFIT !
MAINTENANT, JE VEUX PROFITER DE LA VIE ! À MOI LES JEUNES MINETS DYNAMIQUES ET VIGOUREUX !

BZZZZZZ
FINI LE CHIGNON ! C'EST BON POUR LES VIEILLES FILLES CES TRUCS LÀ !
DES YEUX DE BICHE ...
LA BOUCHE SENSUELLE ...
CE SOIR J'AI VINGT ANS DE MOINS !
AÏE ! QUELLE ROBE CHOISIR ?
ET SI JE METTAIS CELLE DE MON PREMIER BAL ?
UNE HEURE PLUS TARD...
J'AI JAMAIS OSÉ LA METTRE DEPUIS QUE JE SUIS AVEC RENÉ ... CE N'EST PAS TROP SON GENRE !
AVEC LUI PAS QUESTION DE FAIRE DE FANTAISIES !
EH BIEN, ELLE ME VA ENCORE TRÈS BIEN !
JE RELIS LA PETITE ANNONCE...
BEAU JEUNE HOMME SYMPA ET MARRANT CHERCHE JOLIE JEUNE FILLE POUR PARTAGER FOLLE NUIT D'AMOUR !
ÉVIDEMMENT J'AI UN PEU TRICHÉ ...
JE LUI AI ÉCRIT QUE J'AVAIS JUSTE VINGT ET UN ANS !
MAIS PEU IMPORTE, JE LE SÉDUIRAI !
20H30 ... ELLE NE VA PLUS TARDER ... ÇA ME FAIT TOUT DRÔLE D'AVOIR RENDEZ-VOUS AVEC UNE MINETTE ...
BAH, APRÈS 25 ANS DE VIE MORNE, J'AI BIEN LE DROIT DE M'ÉCLATER UN PEU !
F. margerin '83
FIN

MOTARDS STORY
PAR F. MARGERIN
HOYAZUKI
CHAUD DEVANT!
CLINK TIGLING GLING
MOI, ILS M'ONT SÉLECTIONNÉ POUR MES PERFORMANCES EN TRIAL...
HONDA
TRIUMPH
JE M'ENTRAINAIS TOUS LES JOURS SUR MA VIEILLE BULTAC...
BÉÉM
KLANG
BÉÉEM
DANS MA CITÉ, TOUT L'MONDE ADMIRAIT MES PROUESSES...
BÉÉM
BÉÉÉMM
CLANG
BLAM
CLINK
?!
ET LE SOIR, JE M'IMPROVISAIS DES ZONES AVEC TOUT CE QUI TRAINAIT.
HÉLAS, J'AI DÛ ARRÊTER QUELQUE TEMPS, POUR RAISON DE SANTÉ.
PRISON DE LA SANTÉ
TU M'FAIS MARRER AVEC TON TRIAL... C'EST D'LA RIGOLADE!
MOI, J'AI FAIT LE RALLYE PARIS-DAKAR!
SALUT LES MECS!
JE VOUS ÉCRIRAI DE DAKAR!
18
POT POT POT
JE M'REVOIS PARTANT DU TROCADÉRO J'ÉTAIS DÉJA PARMI LES PREMIERS!
MALHEUREUSEMENT, J'ABANDONNAIS SUR UNE CHUTE AVANT DAKAR
18

MOUAIS, LE PARIS-DAKAR C'EST UN TRUC DE FRIMEURS ÇA!
VOUS CONNAISSEZ LES "ÉLÉPHANTS"?.. ÇA C'EST QUELQUE CHOSE!
TRAVERSER L'ALLEMAGNE L'HIVER SOUS LA NEIGE PAR -10°, C'EST L'ENFER!
BROOOM
MOI, JE TENAIS BIEN LE COUP MAIS JE SENTAIS BIEN QUE MON COÉQUIPIER FLANCHAIT...
?
CLAC
ET PUIS À UN MOMENT ÇA A CRAQUÉ... IL M'A LAISSÉ TOMBER ET J'ME SUIS CASSÉ!
PFFF! C'EST PAS DU SPORT, ÇA, C'EST D'LA BALADE!
MOI, LES GARS, J'AI FAIT LE BOL D'OR! OUAIS!
TAK
TCHING
CLINK
CLAC CLAC
HA, J'VOUS DIS PAS L'AMBIANCE... TOUTES CES BÉCANES ALIGNÉES ET TOUS CES MECS PRÊTS À BONDIR DESSUS... BONJOUR LA TENSION!
BONNE ANNEE
NITRO
RIGOLO
MICHELOP
21
KAWA
J'ÉTAIS PARTI POUR GAGNER, MAIS JE CHUTAIS DANS LA RUÉE DU DÉPART ET JE ME PÉTAIS UNE CLAVICULE!
PAN!
SPLAF!

LE BOL D'OR DU SPORT ? LAISSEZ-MOI RIRE !
TOURNER 24H SUR UN CIRCUIT C'EST VRAIMENT PAS COMPLIQUÉ ...
MOI, J'AI FAIT DES COURSES DE DRAGSTER SUR UN TOP FUEL 1200 KAWA ... UNE VRAIE BOMBE ! 250CV GORGÉS DE MÉTHANOL ... FAUT S'ACCROCHER !!
VROM VROM
KAWA
NITRO
LE DÉMARRAGE EST FOUDROYANT ! À PEINE TU OUVRES T'ES À 200 ... ENFIN, MOI, J'AI L'HABITUDE !
VROAP
ET PUIS T'APPRENDS QUELQUES SECONDES PLUS TARD QUE TU AS BATTU LE RECORD
BRAVO ! VOTRE DRAG EST CHAMPION DU MONDE, MON VIEUX !
HÉ, VOUS DÉCONNEZ LES MECS ! C'EST PAS ÇA, LA BÉCANE !
Y A QUE LES ANGLAISES QUI MÉRITENT CE NOM, LES AUTRES C'EST D'LA MERDE !
J'ME SOUVIENS, ON ÉTAIT TOUTE UNE BANDE, ON S'MARRAIT BIEN, ON FOUTAIT LA TROUILLE À TOUT L'MONDE QUAND ON DÉBARQUAIT QUELQUE PART... MOI, J'AVAIS UN 500 GOLD STAR BSA ...
VROUP
VROOM VROOM
BRAAA PET
PET PET
BRAAP BRAAP
VROOM VROOM
3

NOTRE TRUC PRÉFÉRÉ, C'ÉTAIT SE BARRER DES TROQUETS SANS PAYER LES CONSOS...
VROOOM VROOM
VROO...
J'AI FINI PAR VENDRE MA BÉCANE... ELLE MARCHAIT MAL... ÇA ME COÛTAIT TROP CHER!
HEU... Y A QUELQUE CHOSE QUI VA PAS?
SUIS-JE DISTRAIT! J'AI OUBLIÉ DE PAYER LES CONSOS!
CUIC CUIC
T'ES CON, FALLAIT M'LE DIRE, JE SUIS LE ROI DE LA MÉCANIQUE!
TRIUM
J'AVAIS ENTIÈREMENT DÉMONTÉ MA MOTO POUR EN FAIRE UN CHOPPER..T'AURAIS VU ÇA! UNE PETITE MERVEILLE! QUEL SUCCÈS QUAND JE L'AI SORTI
HO? VOUS AVEZ VU?
?
HA! JE SORS ENFIN LA BÊTE!
LET'S GO!
VROOM VROOM
MAIS, COMME J'AVAIS UN PETIT PROBLÈME DE BOITE DE VITESSE JE L'AI RENTRÉ PEU APRÈS.
HÉÉÉ?
?!
KLANG
VROOOMMM

MOI AUSSI, J'AI UNE SUPERBE BÉCANE, UNE HARLEY TOUTE NEUVE...
AVEC TOUTES LES OPTIONS! Y AVAIT PAS INTÉRÊT À LA LAISSER DANS LA RUE...
ALORS, COMME J'AVAIS PAS DE GARAGE POUR LA RANGER, J'AI EU L'IDÉE DE LA DESCENDRE DANS LA CAVE... COUP DE CHANCE, ELLE ENTRAIT TOUT JUSTE...
PAR CONTRE, J'AVAIS OUBLIÉ UN DÉTAIL... L'HARLEY N'EST PAS ÉQUIPÉE DE MARCHE ARRIÈRE...
BON, FAUDRAIT PEUT-ÊTRE Y ALLER!
OUAIS, AU BOULOT LES GARS!
ÇA FAIT DU BIEN DE FAIRE UNE POSE!
KLANG
HONDA
TRIUM
HALLIDAY
JE M'ES'RAIS BIEN BU UN AUTRE DEMI, MOI!
ALORS, ON SE FAIT QUELS TROTTOIRS CE COUP-CI?
CEUX DU SÉBASTO, ILS SONT LARGES...
PFFF, METTRE UN CASQUE POUR ROULER AU PAS, J'TE JURE!
VROOOM VROOOM
LE CASQUE, C'EST POUR LES VIEUX QUI TE FILENT DES COUPS DE CANNE!
VROOM
MOI, J'AI COMPRIS, LES CLEBS, JE LES ÉCRASE!
HÉ! J'VEUX PAS ALLER DANS LE 18e, J'AI TOUS MES POTES LÀ-BAS!
PROPRETÉ DE PARIS
DES TROTTOIRS NETS
1309K292
PROPRETÉ DE PARIS
DES TROTTOIRS NETS!
FIN
T. MARGERIN · 5 · 83

F. MARGERIN PRESENTE:
RAOUL & JOSIANE
AU FAIT, OÙ ÊTES-VOUS ALLÉS CET ÉTÉ ?.. VOUS N'ÊTES PAS PARTIS À L'ÉTRANGER?
HEIN ?!. TU PLAIGEANTES J'ECHPÈRE !
TOUT L'MONDE PRENDRA DU FROMAGE ?
JE M'DEMANDE BIEN CE QUE VOUS AVEZ TOUS À VOULOIR VOYAGER... ON A TOUT CE QU'IL FAUT, ICI !
J'VOIS PAS CE QUE J'IRAIS FAIRE AILLEURS FRANCHEMENT ?!
BEN J'SAIS PAS... VOUS N'AIMERIEZ PAS DÉCOUVRIR DES PAYS COMME LA CHINE, L'ÉGYPTE, L'INDE...
DÉCOUVRIR ? HA! HA! ON SAIT BIEN COMMENT C'EST LÀ-BAS !
ET PUIS POURQUOI ALLER EN CHINE ?.. VOUS TROUVEZ QU'ILS NE SONT PAS DÉJÀ ASSEZ NOMBREUX COMME ÇA ? ET LES OEUFS POURRIS ET LES NIDS D'HIRONDELLES VOUS AIMEZ ÇA, VOUS ?!
NIDS D'HIRONDELLES
OEUFS POURRIS
ET L'EGYPTE, TU PARLES D'UNE PARTIE DE PLAISIR! CREVER DE CHAUD POUR VOIR DES CAILLOUX ET DES CHAMEAUX... SANS COMPTER AVEC TOUS CES MIRAGES, LE RISQUE DE SE PRENDRE UNE BOMBE...
ET L'INDE... LES VACHES SACRÉES QU'IL FAUT PAS DÉRANGER, LES FAKIRS QUI LAISSENT TRAINER LEURS PLANCHES PARTOUT ET AUSSI LES TIGRES, LES COBRAS, LES HIPPIES ... ÇA VOUS PLAIT, ÇA ?!

ALLONS, NE ME DIS PAS QUE ÇA VAUT LE COUP DE SE DÉPLACER POUR ÇA !
TIENS, ET L'AFRIQUE ?! C'EST UN PAYS FANTASTIQUE L'AFRIQUE !
L'AFRIQUE ? MAIS MA PAROLE, VOUS ÊTES FOUS OU QUOI ?! FAUDRAIT ME PAYER POUR ALLER EN AFRIQUE !
DANS LE NORD, TU PEUX PAS FAIRE UN PAS DANS UN SOUK SANS ÊTRE EMMERDÉ ... À CROIRE QU'ILS NOUS PRENNENT POUR DES AMÉRICAINS !
ENTREZ, JUSTE PLAISIR DES YEUX !
UN BEAU TAPIS M'SIEUR ALLEZ, J'TE FAIS UN PRIX !
PAR ICI M'SIEUR !
UN DIRHAM M'SIEUR !
TU VEUX UN GUIDE M'SIEUR ?
J'AI DE BEAUX BIJOUX ANCIENS POUR TA GAZELLE !
ET POUR TOI J'AI DE BELLES BABOUCHES PAS CHÈRES !
ET L'AFRIQUE NOIRE, AVEC SES SORCIERS HAINEUX, SES MYGALES GÉANTES, SES FAUVES À JEUN... C'EST CARRÉMENT DU SUICIDE !
DONNEZ-MOI VOS ASSIETTES QUE JE LES RINCE !
LAISSEZ DONC C'EST JUSTE DU PONT-L'ÉVÊQUE !
SI VOUS N'AIMEZ PAS LES INSECTES, ALLEZ EN RUSSIE...
HEIN ? EN RUSSIE ?! ALORS ÇA, JAMAIS !
SE GELER UNE HEURE DANS LA RUE SOUS LA NEIGE POUR AVOIR UNE BAGUETTE DE PAIN, MERCI BIEN ! SANS PARLER DES POLICIERS ET DES ESPIONS DU K.G.B QUI VOUS LÂCHENT PAS D'UNE SEMELLE... J'SUIS PAS MASO, MOI !
EPICERIE
PRAVDA
TIENS, C'EST COMME LE JAPON !.. RISQUER DE SE PRENDRE UN COUP DE SABRE OU DE KARATÉ, DE MANGER DU POISSON CRU AU MERCURE OU DE SE TROUVER EN PLEIN TREMBLEMENT DE TERRE !.. MERCI !
KAWA
HONDA
2

NON, SI J'VEUX VOIR DES JAPONAIS J'VAIS SUR LA PLACE DU TERTRE À MONTMARTRE EN ÉTÉ !..
TIENS, J'Y PENSE.. Y A UN PAYS QUE J'AIMERAIS BEAUCOUP VISITER, C'EST LE CANADA...
JE SUIS SÛR QUE ÇA VOUS PLAIRAIT AUSSI !
LE CANADA ?.. OUAIS J'IRAIS BIEN QUELQUES JOURS AVEC LINE RENAUD DANS SA CABANE ARF ! ARF ! ARF !
NON MAIS SANS BLAGUE, QUE VOULEZ-VOUS QUE J'AILLE ME LES CONGELER DANS UN BLED OÙ IL N'Y A QUE DES BÛCHERONS ET DES JOUEURS DE HOCKEY SUR GLACE ?! J'VOUS L'DEMANDE !
BÊÊÊÊÊÊÊMM
FLAP FLAP
ET VOUS N'ALLEZ PAS ME FAIRE CROIRE QUE VOUS N'AVEZ JAMAIS VOULU ALLER AUX ÉTATS-UNIS !..
MOI ? CHEZ LES MÂCHEURS DE CHEWING-GUM ?.. ÇA VA PAS ?!
LE TEXAS, JE CONNAIS ! BOUFFER DES HAMBURGERS EN BUVANT DU CANADA DRY, TRÈS PEU POUR MOI ! ET PUIS AVEC LEURS HISTOIRES DE PÉTROLE OU DE BÉTAIL, TU RISQUES TOUJOURS UNE BALLE PERDUE !
7 UP
NEW YORK ?.. AVEC TOUS CES VOYOUS QUI TRAINENT DANS LES RUES ? JE TIENS PAS À ME FAIRE BRAQUER, SURTOUT AU PRIX OÙ EST LE DOLLAR EN CE MOMENT...
I ♥ BRONX
ET EN CALIFORNIE, ILS NE PENSENT QU'À COURIR ! FAUT ÊTRE DINGUE, NON ? D'AILLEURS, PARAIT QUE LES MECS LÀ-BAS SONT UN PEU BIZARRES...
UCLA

J'ESPÈRE QUE VOUS AVEZ GARDÉ UNE PETITE PLACE POUR LE DESSERT!
VOILÀ, JE RETIRE CETTE BOUTEILLE VIDE...
ET L'AMÉRIQUE DU SUD, C'EST PAS BEAU ÇA, DITES?
PM
C'EST P'TÊT BEAU MAIS POUR RIEN AU MONDE JE N'Y METTRAIS LES PIEDS, J'AI PAS ENVIE DE FINIR DANS UN STADE OU DE CROUPIR AU FOND D'UN CACHOT HUMIDE!
PRENONS PAR EXEMPLE LE BRÉSIL... VOUS N'IRIEZ PAS À RIO POUR VOIR LE CARNAVAL ?! HEIN? RÉPONDEZ-MOI FRANCHEMENT!
MOI? ME FAIRE PIÉTINER PAR UNE FOULE D'HYSTÉRIQUES, DE TRAVELOS ET D'ANCIENS NAZIS ?! JAMAIS!
CROYEZ-MOI J'ASPIRE TROP À LA TRANQUILLITÉ !!
VOUS AVEZ BIEN RAISON RAOUL!
MOI, MON RÊVE CE SERAIT UNE PETITE ÎLE DÉSERTE DANS LE PACIFIQUE...
VOUS VOUS VOYEZ AVEC JOSIANE SUR LE SABLE FIN À L'OMBRE DES COCOTIERS OU DANS L'EAU TRANSPARENTE DU LAGON...
VOUS RÊVEZ! QUAND ELLES NE SERVENT PAS AUX EXPÉRIENCES NUCLÉAIRES, CES ÎLES SONT LA PROIE DES TYPHONS... ET PUIS, BONJOUR LES REQUINS!
4

MAIS VOUS ÊTES QUAND MÊME ALLÉS EN EUROPE ?.. EN ALLEMAGNE, PAR EXEMPLE ?
HA, NON ! APRÈS CE QU'ILS NOUS ONT FAIT LES ALLEMANDS, ON RISQUE PAS D'Y ALLER !
HEU... VOUS PRENDREZ BIEN UN PEU DE CAFÉ ?!
COMMENT ?! VOUS EN VOULEZ ENCORE AUX ALLEMANDS 40 ANS APRÈS ?!
MAIS NON, J'PARLE PAS DE LA DERNIÈRE GUERRE MONDIALE ...
JE PARLE DE LA DEMI-FINALE DE LA COUPE DU MONDE !
BAH, DE TOUTE FAÇON : CE SONT LES ITALIENS QUI ONT GAGNÉ, ALORS !..
TIENS, L'ITALIE ! VOILÀ UN PAYS QUI VAUT LE COUP D'OEIL, HEIN ?
PFFFF !! LES ITALIENS J'M'EN MÉFIE, MOI !
PENDANT QUE Y EN A UN QUI TE PIQUE TON APPAREIL PHOTO, T'EN AS UN AUTRE QUI TE PIQUE TA FEMME !.. T'ES PAS UNE SECONDE TRANQUILLE AVEC CES MECS-LÀ !
MA, ZÉ VOUS EMMÈNE FAIRE OUNÉ TOUR ?
J'LES CONNAIS LES RITALS ! TOUS LES MÊMES !
BÊÊÊÊÊEM
SI JE COMPRENDS BIEN, AUCUN PAYS ÉTRANGER NE VOUS INTERESSE...
JE PRÉSUME QUE L'ESPAGNE OU L'ANGLETERRE NE VOUS TENTENT PAS NON PLUS !
BEN L'ESPAGNE, TANT QU'ILS S'AMUSERONT À LÂCHER DES TAUREAUX DANS LES RUES, ILS RISQUENT PAS DE NOUS VOIR LÀ-BAS... ON TIENT À NOTRE PEAU !
OLLÉ !
ET L'ANGLETERRE... LE BROUILLARD, LA VIANDE BOUILLIE, LE PUDDING, LE THÉ, LES CHAPEAUX MELONS, LES PUNKS, LES SKINS, LA REINE... C'EST PAS FOLICHON TOUT ÇA !
5

REMARQUEZ, APRÈS TOUT C'EST VRAI QU'ON EST BIEN EN FRANCE, ON A DES RÉGIONS TRÈS JOLIES AUSSI...
MOUAIS, C'EST P'TÊTRE JOLI MAIS EN FAIT, ÇA NE M'INTERESSE PAS VRAIMENT NON PLUS !...
EN NORMANDIE LE TEMPS EST POURRI, EN BRETAGNE T'AS LES MARÉES NOIRES SUR LES PLAGES...
EN PROVENCE TU CRÈVES DE CHAUD ET LA CÔTE D'AZUR C'EST DEVENU HORS DE PRIX!
LA MONTAGNE JE SUPPORTE PAS ET LA CAMPAGNE C'EST MORTEL!
NON, RIEN NE VAUT NOTRE PETIT COIN TRANQUILLE!
VOUS AVEZ TROUVÉ LE COIN IDÉAL ?!
V'LÀ LE CAFÉ CHAUD!
SÛR! NOUS Y PASSONS TOUTES NOS VACANCES DEPUIS 15 ANS!
RROAAAR
CALTEX
VROOMM
VROOOMM
VROOMM
ET AVOUE QU'ON AURAIT TORT D'ALLER AILLEURS!
CIRQUE JEANO
TACATACATA TACATA
RRROM ROOM ROO
RITON
F. MARGERIN - 7-83
FIN

F. margerin présente:
NOËL
PEINARD
CHEZ
NANARD
24 DÉCEMBRE, 10H DU MAT'...
CETTE ANNÉE, JE NE FÊTERAI PAS NOËL À PARIS, C'EST DÉCIDÉ!
LES GROSSES BOUFFES, LES CADEAUX, LA FOULE, MERCI BIEN!
JE ME TIRE À LA MONTAGNE, CHEZ NANARD... ON VA SE FAIRE UN P'TIT RÉVEILLON PEINARD AU COIN DU FEU!..
LE TOUT, C'EST D'ARRIVER LÀ-BAS... JE RISQUE D'ÊTRE GELÉ AVANT... HO! CE CAMION... JE RÊVE?.. MAIS OUI, IL S'ARRÊTE!
PSCHIII PSCHIII
HEU... VOUS ALLEZ VERS LYON?
OUAIS... ALLEZ, EN VOITURE SIM... HIC! SIMONE!
PLUS ON EST D'FOUS PLUS HIPS! PLUS ON RIT... PAS VRAI?! HIPS!
COMIX ROUTIERS
J'ME LES ROULE POUR VOUS!
LES ROUTIERS
ÇA FAIT 20 HEURES QUE J'ROULE... HIC! HEUREUSEMENT QUE J'AI MA POTION MAGIPS! GIQUE!
BON SANG, CE TYPE A L'AIR COMPLÈTEMENT BOURRÉ!..
PARLE-MOI, PARCE QUE J'AI TENDANCE HIPS! À M'ENDORMIR HIC!.. AU VOLANT!
HEU... HÉ! HÉ! C'EST PAS TROP DUR À CONDUIRE, UN GROS CAMION COMME ÇA?..
TU PARLES, ÇA SE CONDUIT LES YEUX FERMÉS!
SI PAR CHANCE IL RALENTIT À UN STOP, JE SAUTE EN MARCHE!
2 H PLUS TARD...
TIENS, ON VA S'EN JETER UN PETIT CHEZ GEORGETTE, MA COPINE!
OUI, UN CAFÉ BIEN SERRÉ!
OUF! JE VAIS POUVOIR BRÛLER UN CIERGE À St CHRISTOPHE ET Ste GEORGETTE!
PIIIP PIIIP
PAS UN CAFÉ, UN BON P'TIT COUP DE ROUGE PLUTÔT!
PSIT! ON A PASSÉ LA FRONTIÈRE?
CHEZ GEORGETTE
RAOUL
QUEL GÂCHIS! UNE FOIS RECHAPÉ CE PNEU SERAIT COMME NEUF!
VROOMMM
PSCHIII PSCHI
1

ALORS! ON CRÈVE DE SOIF ICI!!
RAOUL! VIEUX POIVROT!
DANS MES BRAS, DANGER PUBLIC
PROFITONS-EN POUR NOUS ÉQUIPSER DISCRÈTEMENT!
WC
HO! LÀ-BAS, UNE VOITURE QUI DÉMARRE!
HÉ!! ATTENDEZ!
VRAOMMM
HEU... TU POURRAIS PAS ME PRENDRE, FAUT QUE J'ME TIRE VITE D'ICI...
MOUAIS... BON, D'ACCORD!... MONTE!
HOULA!! DOUCEMENT!! JE NE SUIS PAS SI PRESSÉ QUE ÇA!!
VROOOMMM
TOI PEUT-ÊTRE, MAIS MOI, J'AI PAS ENVIE QUE LE PROPRIO DE CETTE CAISSE ME TOMBE DESSUS!!
UNE HEURE ET 160 KM PLUS TARD...
HEU... C'EST PAS QUE TU ROULES VITE, MAIS... HEU... JE NE ME SENS PAS VRAIMENT BIEN...
SI TU VOULAIS RALENTIR, CE SERAIT MIEUX...
T'AS RAISON...
ON EST TOUJOURS MALADE EN D.S... J'VAIS CHANGER DE CAISSE AU PROCHAIN BLED!
HO, LÀ-BAS UNE ALPINE!! ÇA A D'LA REPRISE ÇA!... ON VA ENFIN S'MARRER!
RESTE-LÀ ET FAIS LE GUET... J'EN AI POUR CINQ MINUTES!
ALPINE
BON, BEN MOI, J'ME CASSE AVANT QU'IL NE PIQUE UNE FORMULE 1
J'VEUX PAS RÉVEILLONNER EN TAULE OU AUX URGENCES!

UNE HEURE PLUS TARD...
HEU... VOUS ALLEZ VERS DIE? ÇA VOUS EMBÊTE PAS DE ME RAPPROCHER?
MAIS PAS DU TOUT, C'EST JUSTEMENT NOTRE ROUTE!
HO! ÇA SENT BIZARRE LÀ-DEDANS?.. VOUS ÉLEVEZ DES CHÈVRES?
NON, MAIS LES HOUSSES DE SIÈGES SONT EN PEAUX DE CHÈVRE!
ENCORE UNE CHANCE QU'IL N'Y AIT PAS DE SIÈGE À L'ARRIÈRE...
HÉ, MAIS... QU'EST-CE QUI S'PASSE?! NOUS QUITTONS LA ROUTE?!
DÉCHARGE PUBLIQUE
BOLONG BLONG BOM BONG
T'INQUIÈTE PAS, ON VA FAIRE UN PEU DE SHOPPING POUR NOËL...
AÏE! LES AMORTISSEURS SONT D'ORIGINE!!
CLONK
CLANG
BOLONG BOLONG
PEU APRÈS...
MAIS?... OÙ SOMMES-NOUS?
HA! C'EST VRAIMENT LA PLUS BELLE DÉCHARGE DU COIN!
OUAIS! LÀ, ON VA TROUVER DE QUOI FAIRE DES CADEAUX À TOUT L'MONDE
LUX
METAL
MERCI... C'EST VRAIMENT PLUS CONFORTABLE AVEC CE MATELAS MAINTENANT!
HEU... VOUS POURREZ ME DÉPOSER AVANT LA PROCHAINE DÉCHARGE?
SALUT LUCIEN ET JOYEUX NOËL!!
MERCI, VOUS AUSSI!!
POUT POUT
MAINTENANT, JE SAIS OÙ ILS ONT TROUVÉ LEUR VOITURE...
PLUS TARD...
SUPER!
AVEC CE VIEUX PÉPÉ, JE SUIS À L'ABRI DES ÉMOTIONS FORTES, AU MOINS!
BONJOUR, JE VAIS VERS DIE, C'EST VOTRE ROUTE?
OUI, MONTEZ MADEMOISELLE... HEU.. JUSTEMENT, JE SUIS UN PEU PERDU... J'AI PAS VU LES PANNEAUX...

JE PEUX Y ALLER, Y A PAS D'AUTRES VÉHICULES?
BEN... PAS POUR L'INSTANT! DITES, VOUS AVEZ DES PROBLÈMES DE VUE ?...
HUM... PUIS-JE ME PERMETTRE UN PETIT TEST, POUR VOIR...
COMBIEN J'AI DE DOIGTS, LÀ!
OÙ ÇA DES DOIGTS?
PAR CONTRE, C'EST DRÔLE JE VOIS DES POINTS LUMINEUX EN FACE...
HÉ!! ATTENTION!
À DROITE VITE!!
?
TIENS? JE NE CONNAISSAIS PAS CE RACCOURCI...
AÏE!
FREINEZ MAIS FREINEZ!
ON EST FOUTUS!
MAIS?! MAIS?! MIRACLE!! ON EST VIVANTS!
C'EST CURIEUX JE N'AVAIS JAMAIS PRIS CET ITINÉRAIRE AVANT...
TINK
CLING
CLING
CLANK
PIIIP
AU VOLANT, LA VUE C'EST LA VIE
DÉSORMAIS, JE PASSERAI TOUJOURS PAR LÀ... C'EST BIEN PLUS RAPIDE!
S'IL VOUS PLAIT, QUAND VOUS AUREZ TROUVÉ LA PÉDALE DE FREIN, APPUYEZ DESSUS ET LAISSEZ-MOI DESCENDRE JE VOUS EN SUPPLIE!
4

PATIEMMENT, LUCIEN POURSUIT SA ROUTE
HÉ MAMAN !! REGARDE, J'LUI AI FAIT DES NATTES !
J'AI UNE IDÉE, SI ON JOUAIT À CACHE-CACHE ?!
SOYEZ GENTILS AVEC LE JEUNE HOMME, VOULEZ-VOUS ?
PASSANT DE VOITURE EN VOITURE
MON PAUVRE, VOUS DEVEZ ÊTRE TRANSI... TRAÎNER DEHORS PAR UN FROID PAREIL...
BEN...
ENFIN, UN BEAU GARÇON COMME VOUS NE DOIT PAS RESTER LONGTEMPS SEUL, JE SUPPOSE...
AU FIL DES KMS...
NE ME REGARDEZ PAS, J'AI UNE MINE ÉPOUVANTABLE... IL FAUDRAIT QUE JE ME REMETTE DU ROUGE !
JUSTEMENT, À PROPOS DE ROUGE...
ALLEZ SALUT ET JOYEUX NOËL !
SALUT ET MERCI !
PFFF !! 50 BORNES À SIX DANS UNE 4CV, J'AI BIEN CRU MOURIR !
TCHA-TCHA
CIAO !
BIE !
ÇA VA ME FAIRE DU BIEN DE MARCHER UN PEU...
PET PET
SEPT BORNES À PIED, ÇA COMMENCE À BIEN FAIRE ! ET EN PLUS DE LA NUIT, V'LÀ LA NEIGE QUI TOMBE !
"VIENS EN STOP, C'EST COOL !" QU'IL DISAIT !! J'LE RETIENS NANARD !
LA PROCHAINE FOIS, JE PRENDS LE TRAIN !!
EN FAIT, JE SERAIS AUSSI BIEN RESTÉ CHEZ MOI PEINARD AU PIEU !
HÉ ?! MAIS CE BRUIT... C'EST UN TRACTEUR ?!.. MAIS OUI !!
C'EST NANARD !
VROOOOO
HÉHO ! LUCIEN !! MONTE AVEC MOI, LA MAISON EST À CENT MÈTRES !
ALORS, T'ES VENU EN STOP ? ÇA S'EST BIEN PASSÉ ? RACONTE !
HA, LA CRISE, J'TE DIS PAS ! TU PEUX PAS CROIRE...
QUE DES DINGUES !! J'AI FAILLI FINIR VINGT FOIS DANS UN...
...
KLANG !
BEN QUOI.. FAIS PAS LA TÊTE...
TU VOULAIS UN RÉVEILLON PEINARD, HEIN, LUCIEN ?..
FIN
F. MARGERIN - 11 - 83

Un document rare montrant
Frank Margerin et Ricky Banlieue
s'entraînant au Noble Art.